Chers amis ro
bienvenue dans le

Geronimo Stilton

Ce livre est affectueusement dédié à une famille qui aime le foot : Mika, Irena, Marko, Ivana, Luka, Nikolina..., à mes amis Krizan et Antony, et à tous les sportifs du monde !

Texte de Geronimo Stilton
Coordination éditoriale de Piccolo Tao
Édition de Certosina Kashmir *et* Topatty Paciccia
Miniencyclopédie du football : *collaboration de* Paola Conversano
Coordination artistique de Gògo Gó, *en collaboration avec* Certosina Kashmir
Couverture de Giuseppe Ferrario ; *illustrations intérieures de* Valeria Turati
Maquette de Merenguita Gingermouse *et* Michela Battaglin
Traduction de Titi Plumederat

www.geronimostilton.com

Pour l'édition originale :
© 2005 Edizioni Piemme S.P.A. Via del Carmine, 5 – 15033 Casale Monferrato (AL) – Italie
sous le titre *Uno stratopico giorno... da campione !*
Pour l'édition française :
© 2006 Albin Michel Jeunesse – 22, rue Huyghens – 75014 Paris – www.albin-michel.fr
Loi 49 956 du 16 juillet 1949 sur les publications destinées à la jeunesse
Dépôt légal : second semestre 2006
N° d'édition : 17 086/5
ISBN 13 : 978 2 226 17200 6
Imprimé en France par l'imprimerie Clerc à Saint-Amand-Montrond en août 2007

Stilton est le nom d'un célèbre fromage anglais. C'est une marque déposée de Stilton Cheese Maker's Association. Pour plus d'information, vous pouvez consulter le site www.stiltoncheese.com

Geronimo Stilton

CHAMPION DE FOOT !

ALBIN MICHEL JEUNESSE

GERONIMO STILTON
SOURIS INTELLECTUELLE,
DIRECTEUR DE *L'ÉCHO DU RONGEUR*

TÉA STILTON
SPORTIVE ET DYNAMIQUE,
ENVOYÉE SPÉCIALE DE *L'ÉCHO DU RONGEUR*

TRAQUENARD STILTON
INSUPPORTABLE ET FARCEUR,
COUSIN DE GERONIMO

BENJAMIN STILTON
TENDRE ET AFFECTUEUX,
NEVEU DE GERONIMO

VIVE LE RATTONIA FOOTBALL CLUB !

Chers amis rongeurs,
depuis quelques jours, à Sourisia, tout le monde
ne parlait que de **FOOT** : c'est que...
Oh, excusez-moi, je ne me suis pas présenté :
mon nom est Stilton, *Geronimo Stilton*. Je
dirige *l'Écho du rongeur*, le plus célèbre journal de l'île des Souris ! Comme toutes
les souris, j'adore le foot... Euh,
vous voulez savoir quelle équipe
je **supporte** ?
Par mille mimolettes,
je supporte le **Rattonia Football Club** !

D'ailleurs, toute ma famille (la famille Stilton) est pour le **Rattonia Football Club** ! D'abord, il a été fondé et est encore dirigé par mon grand-père **HONORÉ TOURNEBOULÉ**, alias **PANZER** !

PANZER PANZER PANZER PANZER PANZER PANZER PANZER PANZER !

Mon grand-père dans sa jeunesse !

Dans sa jeunesse, mon grand-père, qui jouait comme attaquant, était un footballeur plein de promesses.

Il arrêta de jouer quand il fonda *l'Écho du rongeur* : son travail était trop prenant et il n'avait plus le temps d'assister aux entraînements.

Je vous disais donc que tout le monde, à Sourisia, ne parlait que de FOOT, parce que... dans quelques jours devait se dérouler la finale de la

COUPE DES CHAMPIONS

entre le **Rattonia Football Club** et le Rongétorix Football Club !

Rongétorix Football Club

Discipline Ratouse (Président)

Brutalox Têtedurix

Tacle Vamarquet

Patterick Patterouillé

Bicepsic Tactic

Remplaçant

Ballon Defrometon

Supporter...
ou sportif ?

Sourisia, la ville des Souris, était partagée en deux camps.

Par exemple, *l'Écho du rongeur* supportait le **Rattonia**... tandis que *la Gazette du rat* soutenait le Rongétorix.

Quelques jours avant le match, je sortis un numéro spécial consacré à mon équipe favorite, avec un magnifique poster en couleur.

La Gazette du rat publia également un numéro spécial sur le Rongétorix, avec un autre très beau poster.

Je téléphonai à *Sally Rasmaussen* pour la féliciter :

– Allô, je voudrais parler à Sally Rasmaussen, de la part de Stilton...

– Umpf, *c'est moi*, qu'est-ce que tu veux, Stilton, *alors* ?

– Sally, tous mes compliments pour ton numéro spécial sur le Rongétorix ! Le poster est très beau et…

Sally souffla :

– Umpf, je ne te cause pas ! Tu es mon ennemi, car tu es pour l'équipe adverse, *non mais alors* !

J'étais stupéfait.

– Nous ne sommes peut-être pas supporters de la même équipe, mais cela ne doit pas nous empêcher d'être amis, tu ne trouves pas ?

Elle cria :

– Ça ne m'intéresse pas d'être *amie* avec quel-qu'un qui supporte le **Rattonia**, *non mais alors, hein,* aloooooooooooooooooooooooooooooooooooooooors !

Et elle me raccrocha au museau.

Je soupirai.

Sally aime trop la *compétition*, elle veut *toujours gagner à tout prix* !

Quand son équipe perd un match, elle entre en fureur, elle hurle et **CASSE** tout ce qui lui tombe sous la patte.

Oui, c'est une supportrice... *mais ce n'est pas une vraie sportive !*

Au vestiaire !

... il faut savoir perdre avec sportivité !

Le sportif soutient toujours son équipe et sait apprécier le beau jeu, même de la part d'une autre équipe.
Quand son équipe préférée perd, il se dit : « L'important, c'est de jouer et on ne peut pas toujours gagner ! »

À MINUIT PILE

Ce soir-là, j'étais parfaitement paisible en allant me coucher… mais, à MinuiT, j'entendis sonner le téléphone.

DRING DRING DRINNG DRINNG DRINNG DRINNG DRINNNG

J'allai répondre, à moitié endormi.

– *RONF !* Allô, ici Stilton, Geronimo Stil…

Je n'eus pas le temps de finir ma phrase, car une voix tonitruante me perfora les tympans :

– Gamiiiiiiiiiiiiiiiiiiiiiiiiiiiiiin !

Cela me réveilla d'un coup, comme si on m'avait jeté un seau d'eau glacée sur le museau. C'était mon grand-père.

Gamiiiiiiiiiiiiiiiiiiiiiiiiiiiiiiiiiin !

Il y a **UNE URGEEEEENCE** !
Je t'attends chez moi dans trois secondes et demie exactement !
Je protestai :
– Mais, grand-père, il est Minuit et...
– Toute la famille **AU RAPPOOOOOOOOOORT** !
Il me raccrocha au museau. Résigné, j'allai retrouver mon grand-père dans sa maison, où il vit avec sa gouvernante, la mythique PINA SOURONDE.
Dans le grand salon étaient réunies toutes les

Grand-père Honoré   **Pina Souronde**

victimes de grand-père, c'est-à-dire tous les membres de la *famille Stilton* !

Ma sœur Téa, mon neveu Benjamin, ma tante Toupie et mes autres parents...

Ah, oui, il y avait aussi mon cousin Traquenard, qui est un supporter passionné.

Son grand rêve, c'est de jouer un jour dans le Rattonia !

Quelques-uns de mes parents étaient en pyjama et en robe de chambre, d'autres en pantoufles,

COUSIN REJETON

TANTE MARGARINE

ONCLE DEMILORD

ONCLE PÉTARADE

TANTE TOUPIE

RACLETTE

FONDUE

ONCLE CANCOILLOTTE

PINA

et tous bâillaient à s'en décrocher la mâchoire.

C'est logique, il était MiNUiT !

Grand-père gronda d'un ton dramatique :

– Parents proches ou lointains ! NOUVELLE ARCHISECRÈTE... *Centron Lafeinte, le capitaine du Rattonia Football Club, a été enlevé !*

Ce ne fut qu'un seul cri :

– Oooooooooooooooooooooooooooooooooooohhhh !

GRAND-PÈRE HONORÉ — ONCLE ARTÈRE — TÉA — GERONIMO — BENJAMIN — TRAQUENARD

IL ME FAUT
UN VOLONTAIRE !

Grand-père cria :
– Centron a été enlevé au **pic du Putois**,
au cours d'un entraînement. Il me faut un
volontaire pour aller enquêter discrè-
tement là-bas. Nous devons retrouver le capitaine, la **finale** a lieu dans quelques jours !

Quelqu'un me poussa par-derrière, en ricanant :

Chica chica boum chic !

Je trébuchai et fis un pas en avant...

Traquenard gloussa :

– *Chica chica boum chic !*

Geronimo est volontaire !

Je n'étais pas du tout volontaire, c'est lui qui m'avait poussé !

Grand-père s'exclama :

– Geronimo s'est porté volontaire : bravo, Geronimo, c'est comme ça que je t'aime !

TOUJOURS PRÊT !

J'ouvris la bouche pour dire que je n'étais *pas volontaire*, que j'avais simplement trébuché et que je n'avais *pas du tout* l'intention d'aller au **pic du Putois**...

Mais Benjamin fit un pas en avant :

– Moi aussi, je suis volontaire, pour accompagner oncle Geronimo !

Téa fit un pas en avant :

– Moi aussi, j'y vais, imaginez le scoop pour *l'Écho du rongeur* si nous parvenons à découvrir qui a enlevé **CENTRON LAFEINTE** !

Traquenard soupira :

– Pfff, si vous partez tous, alors j'y vais, moi aussi… D'ailleurs, qu'est-ce que vous pourrez bien faire sans moi ? *Je suis le seul qui s'y connaisse en football !* Chica chica boum chic !

Tante Toupie, à son tour, fit un pas en avant.

– Mes chers neveux, je viens avec vous, si je ne suis pas un fardeau… Moi aussi, je suis une supportrice du **Rattonia Football Club** !

Nous nous écriâmes en chœur :

– Vive *la famille Stilton !*

Hourra Hourra Hourra
Hourra Hourra

Vive le **Rattonia Football Club** !

Grand-père nous serra la patte, l'un après l'autre.

– Soyez **courageux** mais **prudents**, **rusés** mais **honnêtes**, **rapides** mais pas **impétueux**... et surtout, **attention au gaspillage**, ne dépensez pas trop !

Nous répondîmes en chœur :

– D'accord, grand-père !

MON GRAND-PÈRE A LA RÉPUTATION D'ÊTRE ASSEZ PINGRE !

Puis il nous tendit le porte-monnaie qui contenait l'argent pour cette mission.

Traquenard s'en saisit.

– Je m'en occupe... *Chica chica boum chic !*

Il fouilla dans le porte-monnaie.

– Mais, grand-père, il n'y a même pas de quoi payer les billets de train !

Grand-père se fâcha :

– Des billets de train ? Et puis quoi encore ? Pour un petit voyage de rien du tout, vous pouvez prendre vos vélos, non ?

Je dépliai une carte routière.

– Grand-père, le pic du Putois est très loin ! Et pour aller là-bas, c'est tout en **MONTÉE !**

– Si vous partez maintenant et que vous pédalez toute la nuit, vous pouvez arriver à l'aube ! Allez, ça vous fera du bien, ça vous musclera les mollets ! Moi, à votre âge, un parcours pareil, je l'aurais fait aller et retour, les yeux bandés, en pédalant avec une seule patte, sans les mains et...

Il ouvrit la porte qui donnait sur la cour et montra un drôle de

SUPERTANDEM À 3 PLACES !

Je demandai :

– Et tante Toupie ? Grand-père, tu ne veux quand même pas qu'elle pédale, elle aussi !

Grand-père ricana :

– **Hé hé hééé**, vous n'avez pas encore vu le side-car !

LE SUPERTANDEM DE GRAND-PÈRE HONORÉ

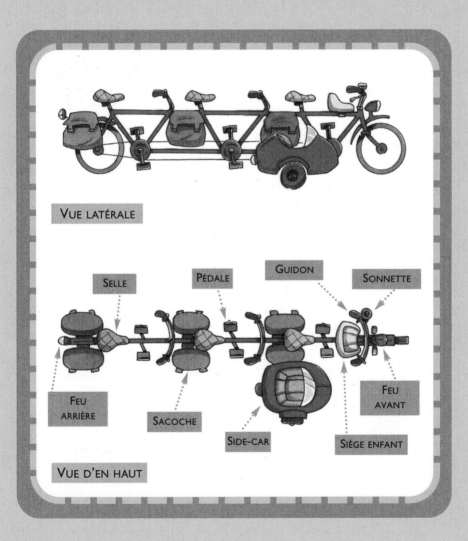

VUE LATÉRALE

SELLE PÉDALE GUIDON SONNETTE

FEU ARRIÈRE SACOCHE SIDE-CAR SIÈGE ENFANT FEU AVANT

VUE D'EN HAUT

Il accrocha le **SIDE-CAR** (une drôle de petite nacelle) à la première bicyclette et y fit monter tante Toupie, qui le regardait d'un air perplexe (elle n'osait pas protester, de peur qu'on ne l'emmène pas !).

Je demandai encore :

– ET BENJAMIN ?

Grand-père ricana :

– Vous n'avez pas beaucoup d'imagination, mes chers parents. Voici un siège enfant qu'on installe sur le premier vélo. Évidemment, le rongeur qui prendra place sur ce premier vélo devra faire

plus d'efforts que les autres !

AM STRAM GRAM
PIC ET PIC
HELLO HELLO…

Nous nous préparâmes à partir.
Chacun fourra ses bagages dans les sacoches latérales de son vélo.
Je demandai :
– Qui va monter sur le premier vélo ? Je propose que ce soit chacun son tour…
Mais Traquenard improvisa une comptine :

Am stram gram pic et pic hello hello
Trois footballeurs sur un pédalo
Am stram gram pic et pic méli-mélo
Qui se demandent quel nigaud
Montera sur le premier vélo
C'est pas moi, c'est peut-être Geronimo !
Chica chica boum chic !

Et il finit par désigner… **MOI** !

Je voulus protester, mais grand-père, à la fenêtre, s'exclama :

– Assez bavardé, en selle ! Dépêchez-vous, l'aube va arriver ! Retrouvez-moi Centron Lafeinte ! Et ne rentrez pas bredouilles, sinon vous pouvez faire une croix sur l'héritage. Compris ?

Nous commençâmes à pédaler.

pédaler pédaler

Tante Toupie s'inquiétait pour moi :

– Mon cher neveu, auras-tu la force de pédaler jusqu'au pic du Putois ?

daler pédaler pédaler pédaler pédaler pédaler

Je la rassurai en haletant :

– Ne t'inquiète pas, tata, nous arriverons au but sains et saufs.

Tante Toupie me passa une gourde et un sandwich au triple *fromage !*
fromage !
fromage !

– Mange, mon cher neveu, ça te donnera des forces !

Pendant ce temps, Benjamin me racontait des blagues sur le football.

Comme ça, tu garderas ta bonne humeur, tonton !

Hé hé hééé !

Hi hi hiii !

Ha ha haaa ! Hé hé hééé !

Hé hé hééé !

> L'ENTRAÎNEUR DIT À UN JOUEUR
> UN PEU NIGAUD :
> - AUJOURD'HUI, TU VAS JOUER AVANT.
> - AH NON ! MOI, JE VEUX JOUER
> EN MÊME TEMPS QUE LES AUTRES !
>
> POURQUOI LES JOUEURS
> DE L'ÉQUIPE DE L'ASILE DE FOUS
> TIRENT-ILS TOUT LE TEMPS
> À CÔTÉ DU BUT ? PARCE QUE
> LES BUTS À L'EXTÉRIEUR
> COMPTENT DOUBLE.
>
> UN INSTITUTEUR DEMANDE
> À LA CLASSE :
> - COMBIEN FONT 3 ET 3 ?
> UNE MAIN SE LÈVE :
> - MATCH NUL, MONSIEUR !

Ha ha haaa !

Hé hé hééé ! Hé hé hééé !

LE RÉGIME
DU FOOTBALLEUR...

Tandis que je pédalais, *escaladant* et dévalant les collines en direction du **pic du Putois**, je remarquai qu'un liquide jaune et POISSEUX coulait goutte à goutte de la sacoche de mon vélo.

Qu'est-ce que ça pouvait bien être ?

Je goûtai : c'était du *miel* !

J'ouvris la sacoche et je vis un pot de miel ouvert !

Le miel avait coulé sur mes affaires !

Je hurlai, désespéré :

– Ma chemise repassée ! Mon linge de rechange ! Mes pantoufles !

D'un geste vif, Traquenard attrapa le pot.

– Donne-moi ça. Ce *miel* est à moi, chica chica boum chic !

– *Du miel ???* Mais qu'en fais-tu ?

– Le miel me donne de l'énergie. J'ai inventé un régime spécial, le « RÉGIME DU FOOTBALLEUR », à base d'aliments ÉNERGÉTIQUES.

– Mais pourquoi as-tu mis ce pot dans *ma* sacoche ?

– Chica chica boum chic... Parce qu'il n'y avait plus de place dans la mienne ! J'y avais déjà mis :

3 tartes aux fraises...

2 soufflés aux poires...

4 gâteaux aux framboises...

24 beignets au cacao...

1 baril de crème pâtissière...

15 flans à la vanille...

8 litres de mélasse...

13 tubes de lait concentré...

115 nougats...

312 cerises confites...

Miam miam miam !

7 pots de glace à la crème fraîche...

15 Esquimau à la griotte...

6 sorbets à la pistache...

401 sucettes à la myrtille...

9 kilos de meringues à la vanille...

5 boîtes de chocolats farcis...

16 boîtes de biscuits au gingembre...

22 barbes à papa...

42 kilos de bonbons à la fraise...

37 bâtons de réglisse...

3 279 chewing-gums à la triple menthe...

1 cure-dent... et **1,5** litre

de tisane digestive !

Je murmurai, écœuré :
– Beurk ! J'en ai la **nausée** rien que d'écouter la liste... Tu parles d'aliments énergétiques, ce régime n'a rien de sain !
Il me tendit une tasse de tisane digestive.
– Ah, on voit que tu ne t'y connais pas en alimentation. Tiens, bois-moi une gorgée de cette tisane, tu iras tout de suite mieux, chica chica chica boum chic !

JE ROUGIS DE CONFUSION... MORT DE HONTE !

À l'aube, nous arrivâmes enfin au **pic du Putois**, dans la région montagneuse de la **FORÊT-OBSCURE**.

J'avais les pattes tellement engourdies qu'il fallut me faire descendre du vélo en me soulevant à l'aide d'un palan, c'est-à-dire un système de cordes et de poulies.

palan

Pic du Putois

Je pris mon sac à dos… et reniflai, surpris.
Pourquoi mon sac à dos PUAIT-IL ?
Je l'ouvris et me bouchai le nez : il était rempli
d'une substance **jaunâtre**, **humíde** et
visqueuse, qui sentait l'œuf pourri !
Traquenard s'écria :
– C'était ma CRÈME AUX ŒUFS,
tu aurais pu en prendre
soin, chica chica
boum chic !

Je mis ma casquette, mais
une bouillie **marronnasse**
me coula sur le museau.

Traquenard me gronda :

– Tu es vraiment balourd ! J'avais mis mon goûter dans ta casquette :

8 chocolats à la noisette !

MMMMMH...

Tu aurais pu éviter de les faire fondre, chica chica boum chic !

Je fouillai dans ma poche à la recherche d'un mouchoir pour me nettoyer, mais ma poche était collée !

Traquenard soupira :

– Pfff, j'avais mis dans ta poche un tube de lait

concentré sucré. Tu aurais dû faire attention, chica chica boum chic !

Je hurlai :

– C'en est trop, vraiment !

En sifflotant, Traquenard ouvrit une cannette de boisson énergétique… mais le liquide, qui avait été agité pendant le voyage, gicla et m'aspergea de la pointe des moustaches à la pointe de la queue !

AU SECOUUUUURS !

Je me lamentai :
– Je ne peux même pas me changer, mes affaires sont toutes poisseuses de *miel* !
Benjamin me proposa ses vêtements de rechange.

J'étais désespéré…

Avec les vêtements de Benjamin, j'étais ridicule et tous les passants me regardaient en riant…

…MAIS JE N'AVAIS PAS LE CHOIX !

Je

ROUGIS

de confusion...

J'AI LES MOUSTACHES QUI VIBRENT...

Nous arrivâmes enfin sur le terrain, où j'assistai à l'entraînement de l'équipe nationale féminine.

Voici la fameuse championne *Balline Ball* ! Traquenard poussa un cri d'encouragement :

– Allez, Balline ! Ouais, tu es la plus forte !

Elle était vraiment mon genre !

À la fois sportive et intelligente : d'ailleurs, je voulais lui proposer de tenir la rubrique Football dans *l'Écho du rongeur*.

Dès la fin du match, je l'attendis à la porte du vestiaire et m'inclinai pour lui faire un *baisepatte*.

Balline Ball

– Permettez que je me présente, mademoiselle. Mon nom est Stilton, *Geronimo Stilton* ! Je suis un de vos grands admirateurs... dis-je en lui tendant ma carte de visite.

– Oh, monsieur Stilton ! Moi aussi, je suis une de vos grandes admiratrices. Je lis votre journal...

– À propos, mademoiselle, j'ai une proposition à vous faire. Accepteriez-vous de tenir une rubrique de sport dans mon journal ?

Traquenard me donna un coup de coude en murmurant :

JE SUIS UN DE VOS GRANDS ADMIRATEURS...

– Pourquoi tu ne me l'as pas dit, Geronimo ? Je pouvais la tenir, moi, cette rubrique, chica chica boum chic !

Balline suivit ses coéquipières, non sans m'avoir adressé un sourire inoubliable.

– Revoyons-nous à Sourisia, Geronimo. Nous pourrions peut-être dîner ensemble ?

Je balbutiai :

– Dîner ? Ensemble ? Vous voulez dire

vous et moi ? Moi et vous ?

J'avais les moustaches qui *vibraient* d'*émotion* et…

je ne pouvais pas m'empêcher de rougir de confusion. Mort de honte !!!

Traquenard se moqua de moi :

– Mon cousin est un grand timide et ça se voit, chica chica boum chic !

L'ÉCHAUFFEMENT

Même si l'on est un as du ballon, sans une bonne préparation physique, on ne peut pas jouer correctement et on risque de se faire mal. Pour être au mieux de sa forme et le rester, il faut faire des exercices : courir, sauter, faire de la gymnastique... Avant de jouer, il est important de se plier à un léger échauffement musculaire (avec des mouvements des bras et des jambes, des sauts, de brèves courses, etc.). Pour être au top, le corps a besoin de s'échauffer !

C'EST LA FAUTE
D'UN BEIGNET !

Enfin je pus assister à l'entraînement des joueurs du **Rattonia**.

Au moment où j'allais les saluer, je sentis une odeur de friture...

C'était mon cousin qui grignotait un **BEIGNET** à l'air très indigeste !

Il le coupa en deux et le farcit avec de la crème pâtissière, en chantonnant :

– Chica chica boum chic !

Il allait l'engloutir, quand le beignet tomba par terre.

Ma patte dérapa sur la crème pâtissière... et je frappai le **BEIGNET** d'un retourné digne du grand Pelé !

Je dérapai de plus belle, enchaînai sur un dribble le long de la ligne de touche et shootai dans le **BEIGNET**, droit en direction de la porte des vestiaires !

Au même moment, cette porte était franchie par... grand-père Honoré !

Il ouvrit la bouche et commença à hurler :

– Mes chers parents, je suis venu contrôler ce que vous fai... Mais le **BEIGNET** se fourra dans sa bouche et lui cloua le bec.

Dès qu'il put parler de nouveau, il tonna :

– Alors, gamin ! Tu trouves vraiment que c'est le moment de jouer au malin ?

Traquenard ricana :

– Geronimo a marqué un but ! Chica chica boum chic !

C'est alors que j'entendis des éclats de rire : je me retournai et découvris que toute l'équipe féminine avait assisté à cette scène ridicule !

Je rougis de confusion.

Mort de honte !!!

INCROYAAAAAABLE !

J'allais entrer dans les vestiaires, quand je trébuchai sur une **boîte de chocolats** que mon cousin avait laissé traîner devant la porte et je glissai...
Je hurlai : – **SCOUIIIIIT !**
Je tombai les pattes en l'air dans une énorme flaque de boue.

Quand je me relevai, j'avais perdu mes lunettes.
J'étais tout **gris** , couvert de boue de la pointe de
la queue à la pointe des moustaches.
Et j'avais une touffe d'herbe sèche posée sur le
sommet du crâne !
Je **rougis** de **confusion**.

Mort de honte !!!

Je m'attendais à ce que tout le monde éclate de
rire en me voyant, mais au contraire, ils hurlèrent
en chœur :
– Incroyaaaaaaaaaaaaable !
Titubant (sans mes lunettes, *je n'y vois croûte*),
je m'approchai de ma
famille...

– Qu'est-ce qui est incroyable ? demandai-je.

Benjamin me tendit un miroir.

Je l'approchai de mon museau pour mieux voir,
puis je m'écriai à mon tour :

– Incroyaaaaaaaaaaaaable !

*Sans lunettes… avec le pelage non plus marron,
mais gris… avec une touffe d'herbe sur la tête…*
j'étais le portrait craché du capitaine du
Rattonia, **CENTRON LAFEINTE** !

On aurait dit que j'étais son frère jumeau !

Traquenard aussi s'exclama :

– Incroyaaaaaaaaaaaaable !

NON, GRAND-PÈRE, NON !

Grand-père m'observa longuement.

– *Hummm...*

Puis il tonna :

– Gamin, je viens d'avoir une idée (modestement) **gé-nia-le !** Nous allons tendre un piège au mystérieux ravisseur. Voici ce que nous allons faire :

1. DEMAIN, TU JOUERAS LA FINALE À LA PLACE DE CENTRON LAFEINTE...

2. LE RAVISSEUR CROIRA QU'IL S'EST TROMPÉ DE JOUEUR...

3. COMME ÇA, IL REVIENDRA POUR T'ENLEVER...

4. TU RESTERAS DANS LES VESTIAIRES...

5. NOUS ATTENDRONS CACHÉS DANS LE COULOIR...

6. ET QUAND IL ARRIVERA POUR T'ENLEVER, VLAN, C'EST NOUS QUI L'ATTRAPERONS ! HA HA HAAA !

Je balbutiai :

– C'est *moi* qui vais jouer à la place de **CENTRON LAFEINTE** ? En finale ? De la Coupe des champions ? Non, grand-père, non ! Je suis un rongeur intellectuel, je ne suis pas un sportif, et…

Il soupira :

– Allez allez allez ! Tu vas passer la nuit à suivre un entraînement intensif et demain matin, tu seras un vrai footballeur **(OU PRESQUE)** !

Grand-père appela l'entraîneur :

– Muscule ! Entraîne-moi un peu ce jeune rat ! Oublie que c'est mon petit-fils et traite-le *comme les autres*, ou plutôt *pire que les autres*, et même, pour bien montrer que nous ne faisons pas de favoritisme, *maltraite-le !*

L'entraîneur ricana :

– Bien reçu, chef !

Puis il émit un sifflement qui me PERFORA les tympans :

– TRIIIIII ! ALLEZ ! REMUE-TOI !

MAIS JE SUIS INCAPABLE DE JOUER AU FOOT, MOI !

Je protestai :

– Mais je suis incapable de jouer au **FOOT**, moi !

Il me traîna par le bras droit, tandis que ma sœur Téa me tirait par le bras gauche.

– *Du calme, frérot,* je me charge de te relooker, tu vas devenir la photocopie de **CENTRON LAFEINTE**. Une teinture pour le pelage... une moumoute blonde... pas de lunettes...

On me poussa dans un autocar peint aux couleurs du **Rattonia**, qui démarra en trombe.

Il prit la direction de Sourisia, où la finale devait avoir lieu le lendemain matin !

Au moment où la portière se refermait sur moi, je hurlai :

– **AU SECOUUUUUUUUUUUUURS !** J'ai décidé que le foot ne m'intéressait plus, je ne veux plus me consacrer qu'à ma collection de **croûtes de fromage du dix-huitième siècle** !

Traquenard ricana :

– Trop tard... Ta démonstration était si brillante que personne ne pourra croire que tu n'es pas Centron Lafeinte ! Chica chica boum chic !

FOOTBALLEUR
EN UNE NUIT !

Pendant que le car roulait en direction de Sourisia, un entraînement épouvantable commença.

1. JE PÉDALAIS SUR UN VÉLO D'INTÉRIEUR...
2. PENDANT QU'UN MASSEUR ME MASSAIT LE BRAS GAUCHE...
3. PENDANT QUE JE SOULEVAIS DES HALTÈRES DU BRAS DROIT...
4. PENDANT QUE LE MÉDECIN ME FAISAIT BOIRE UN BREUVAGE DESTINÉ À ME RESTITUER LES SELS MINÉRAUX QUE JE PERDAIS EN TRANSPIRANT...
5. PENDANT QUE L'ENTRAÎNEUR ME HURLAIT DANS LES OREILLES DES CONSEILS DE JEU...
6. PENDANT QU'ON ME TEIGNAIT LE PELAGE EN GRIS...
7. PENDANT QUE JE REGARDAIS SUR UN ÉCRAN GÉANT TOUTES LES INTERVIEWS DE CENTRON, POUR APPRENDRE À L'IMITER.

Résultat, à l'aube :

1. J'AVAIS LES MOLLETS ENDOLORIS (EVIDEMMENT, J'AVAIS PEDALE PENDANT DES HEURES)...

2. J'AVAIS LE BRAS GAUCHE PLEIN DE BLEUS (EVIDEMMENT, LE MASSEUR ETAIT TRES ENERGIQUE)...

3. J'AVAIS LE BRAS DROIT ENGOURDI (EVIDEMMENT, JE N'AVAIS PAS L'HABITUDE DE SOULEVER DES HALTERES)...

4. J'AVAIS L'ESTOMAC QUI GARGOUILLAIT (EVIDEMMENT, JE N'AVAIS INGURGITE QUE DU LIQUIDE)...

5. JE ME SENTAIS COMPLETEMENT SONNE (EVIDEMMENT, L'ENTRAINEUR M'AVAIT MARTELE SES CONSEILS PENDANT DES HEURES)...

6. J'AVAIS LE CRANE QUI ME DEMANGEAIT (EVIDEMMENT, J'AVAIS DECOUVERT QUE J'ETAIS ALLERGIQUE A LA TEINTURE)...

7. J'AVAIS LES YEUX QUI BRULAIENT (EVIDEMMENT, J'AVAIS FIXE L'ECRAN GEANT PENDANT DES HEURES)...

Puis je descendis du vélo d'intérieur en murmurant :

– Je pense que je vais me reposer un peu... Je me sens fatigué... Je crois même que je vais m'évanouir...

L'entraîneur **MUSCULE** hurla :
– Eh non, mon coco, tu n'as encore rien vu ! La finale commence dans une heure !
Le coiffeur de Téa fixa sur mon crâne une moumoute jaune.

– Et voilà !

Téa, elle, me retira mes lunettes.
– Sans lunettes, la ressemblance est parfaite !
Je protestai :
– Euh, moi, sans lunettes, *je n'y vois croûte !*
Mais je trébuchai contre une marche et tombai de tout mon long sur le trottoir...
Mon neveu Benjamin accourut à mon secours, tandis que grand-père essayait de me faire relever en hurlant :

AVANT...

...APRÈS !

– Il faut que tu t'habitues à te passer de lunettes, gamin ! Si tu mets des lunettes, on comprend que tu es *toi*, c'est-à-dire qu'on comprend que tu n'es pas *lui* ! Bref, *pas de lunettes !*

Que pouvais-je répondre ?

Avec grand-père, on ne discute… jamais !

Je me relevai et j'essayai de m'orienter, mais sans lunettes… je n'y vois croûte !

Téa me fixa une oreillette (un tout petit radiorécepteur) dans l'oreille pour pouvoir communiquer avec moi et Benjamin m'accompagna en dehors des vestiaires… je n'y vois croûte !

JE N'Y VOIS CROÛTE !

J'entrai sur le terrain en **titubant**, les pattes tendues devant moi.

Je n'y vois croûte !

Le journaliste de la télé, Évasouriste Braillant, hurla dans son micro :

– *Bonjour à tous...* chers amis téléspectarongeurs... Nous sommes en direct du stade de Sourisia... où va se dérouler la finale de la COUPE DES CHAMPIONS. L'arbitre est monsieur **SIFFLET AROULETTE...** Voici que les deux équipes font leur entrée sur le terrain... le **Rattonia**... et

Évasouriste Braillant

le Rongétorix… L'arbitre siffle le coup d'envoi… C'est Rapouille Rapelé, le numéro 10 du Rongétorix, qui passe la balle à Tacle Vamarquet, le libéro de l'équipe, qui lance le ballon dans les pattes même de Centron Lafeinte, l'attaquant du Rattonia, mais… mais que se passe-t-il ? Apparemment, **CENTRON LAFEINTE** ne s'est pas rendu compte… qu'il jouait du mauvais côté !!! Oh là là, Centron se ***RIDICULISE COMPLÈTEMENT***… et maintenant voilà qu'il fait un croc-en-jambe à Bicepsic Tactic, l'attaquant du Rongérotix… coup de sifflet de l'arbitre…

Faute de Centron… il dit qu'il ne l'a pas fait exprès… qu'il n'a pas vu l'autre… mais ça paraît impossible qu'il ne l'ait pas vu… L'arbitre accorde un penalty au Rongétorix… Rapouille Rapelé tire…

buuuuuuuuuuuuuuuut !

1 à **0** *pour le* Rongétorix… Qu'est-ce que Centron Lafeinte joue mal, aujourd'hui… Il n'a pas l'air dans son assiette, ça fait pitié… On dirait qu'il n'a jamais touché une balle de sa vie… Mais que fait-il ? voilà qu'il passe le ballon à un joueur de l'équipe adverse, qui tire… et c'est un nouveau

buuuuuuuuuuuuuuuut !

2 à **0** *pour le* Rongétorix… On se demande si Centron a compris qu'il jouait au foot et pas aux billes… Ah, voilà qu'il se met enfin à courir… il court court court… court court court… court court court… il court à perdre haleine… mais il court en **dehors du terrain**… il tire et…

buuuuuuuuuuuuuuuut!

mais c'est un **AUTO-buuuuuuuuuuuut !**

3 à **0** *pour le* Rongétorix... Tout ça, c'est la faute de **CENTRON LAFEINTE** ! Les joueurs de l'équipe *adverse* aimeraient bien porter Centron en triomphe... tandis que les joueurs de *son* équipe aimeraient bien lui déchiqueter les moustaches...

Fin de la première mi-temps ! Conformément au plan de grand-père, dès que l'arbitre eut sifflé la fin de la première mi-temps, je me traînai dans les vestiaires vides et me barricadai à l'intérieur. J'étais anéanti. Dehors, les joueurs et les supporters du Rattonia criaient à tue-tête :

SIFFLET AROULETTE

Trüiiiiiiiiiïi !

– **CENTRON LAFEINTE !** À cause de toi, on perd **3** à **0** ! Si on t'attrape, on t'arrache les moustaches !

CE N'EST PAS MA FAUTE SI JE N'Y VOIS CROÛTE !

Seul, dans les vestiaires déserts, je m'écriai :
– *Par mille mimolettes !* Ce n'est pas ma faute si sans mes lunettes, je n'y vois croûte !
Puis je regardai autour de moi en FRISSONNANT. Je me trouvai dans une immense salle, aux murs recouverts d'armoires métalliques qui, dans la pénombre, brillaient d'un éclat sinistre.
Mon oreillette crépita.
J'écoutai attentivement...
Téa murmura :
– Tout va bien, Geronimo ! Nous sommes cachés dans le couloir. Dès que le ravisseur montre le bout de son museau, nous lui sautons dessus !
J'avais beau savoir qu'on avait caché des micros partout, que ma famille était en embuscade

dans le couloir et que les services de sécurité encerclaient le stade…

j'avais une trouille incroyaaaaaaaaaable ! Je sentis *quelque chose* qui m'effleurait l'oreille et je hurlai :

– **AAAAAARGH !**

Puis je m'aperçus que ce n'était qu'une toile d'araignée !

Téa cria, tout excitée, dans l'oreillette :

– **C'est lui ? Il est là ?**

Je soupirai :

– *Non, fausse alerte !*

J'entendis un grincement dans les douches.

Je criai :

– Q-qui va là ?

J'entrai dans les douches. Je vis une longue enfilade de portes. Puis je compris ce qu'était le bruit que j'avais entendu : le vent faisait claquer une fenêtre !

Téa cria dans l'oreillette :

– **C'est lui ? Il est là ?**

Je soupirai :

– *Non, fausse alerte !*

Au fond du couloir, j'aperçus une silhouette en mouvement et deux yeux qui brillaient dans le noir…

Je hurlai : *– AU SECOUUUUUUURS !*

Puis, soudain, je compris : c'était mon reflet dans un miroir !

Téa cria dans l'oreillette :

– **C'est lui ? Il est là ?**

Je soupirai :

– *Non, fausse alerte !*

Ma sœur souffla :

– Y' en a marre de ces *fausses alertes* ! Ne crie que si ça en vaut la peine !

Et c'est juste à ce moment que…

PAR MILLE MIMOLETTES, QUEL COUP !

C'est à ce moment que, du coin de l'œil, je distinguai une silhouette en collant noir qui se fondait parmi les **ombres**.

L'inconnu se glissa lentement derrière moi... s'approcha dans mon dos... s'approcha jusqu'à me toucher...

Je me retournai d'un coup en hurlant :

L'inconnu m'asséna un grand coup sur la tête.

Je m'é_va_no_ui_s. Quand je revins à moi, je m'aperçus que j'avais perdu l'oreillette en tombant. Je ne pouvais plus donner l'alarme !

L'inconnu ouvrit une armoire et je vis...

CENTRON LAFEINTE !

Il était là, bâillonné et ligoté.

L'inconnu nous compara.

– Hummm... lequel des deux est le vrai ? Celui-ci ou celui-là ? celui-là ou celui-ci ? celui-ci ou celui-là ? Bof !

J'étais encore étendu à terre... *j'avais la tête qui tournait !*

– *Par mille mimolettes,* quel coup !
L'inconnu me dévisagea de près en marmonnant :
– Hummm... pourtant... peut-être... on dirait...
j'ai vraiment l'impression... il me semble que...
oh, ce n'est pas possible ! Mais si... je reconnais
*cette voix d'intello à la noix... cet air de
nigaud... ces petites moustaches molles à la
cancoillotte...* Mais oui, je te reconnais, *alors !*
L'inconnu pointa sur moi un doigt **potelé**.
– *Ça alors,* toi et ta *tête de reblochon !* Tu n'es
pas **CENTRON LAFEINTE**... tu es...

RONGÉTORIX, OHÉ-OHÉ-OHÉ !

Puis il s'écria :

– Je t'ai reconnu ! *Non mais alors,* tu es Stilton, *Geronimo Stilton,* directeur de *l'Écho du rongeur...* et surtout mon **ENNEMI NUMÉRO UN !**
Je reconnus alors cette voix familière et je m'écriai à mon tour :
– Et toi, tu es *Sally Rasmaussen,* directrice de *la Gazette du rat,* et surtout mon **ENNEMIE NUMÉRO UN !**
Les lumières *s'allumèrent* brusquement et Téa cria :

– Tu es faite comme un rat !
Elle s'approcha de mon ennemie et lui souleva sa capuche...

Téa poussa un cri de surprise : *– SCOUIIIIIIIT !*

Sally siffla :

– Par les moustaches à tortillon du chat-garou, je suis prise au piège. *Alors alors !*

Je balbutiai :

– M-mais pourquoi voulais-tu m'enlever ?

Sally répliqua :

– *Gros nigaud de mulot,* ce n'est pas toi que je voulais enlever, qu'est-ce que je ferais d'une mimolette comme *Geronimo Stilton* ? *Non mais alors,* je voulais enlever le vrai **CENTRON LAFEINTE**, parce que je voulais que mon équipe préférée, le Rongétorix, remporte la finale

de la Coupe des champions ! Sans son capitaine, le **Rattonia** n'avait plus aucune chance !
Puis elle brailla :

– Rongétorix, ohé-ohé-ohé !

Je suis sportive, moi… Je ferais tout pour mon équipe, *alors alors alors !*
Téa secoua la tête.
– Non, *tu n'es pas une vraie sportive*, tu n'es qu'une *supportrice.* Tu ne comprends rien au sport. Être sportif, cela signifie aussi *savoir perdre !*
Le service de sécurité emmena Sally qui hurlait à tue-tête :
– Vous ne vous en tirerez pas comme ça !
L'année prochaine, il y aura une autre finale, et alors on verra bien qui gagneraaaaaaaaaa !

Ron-gé-to-rix- Ron-gé-to-rix- Ron-gé-to-rix, ohé-ohé-ohé ! Alors !

Je serrai Benjamin contre moi.

– Gagner, gagner, gagner ! Sally n'a que ce mot à la bouche : gagner. Ce n'est pas une vraie sportive !

Cependant, le haut-parleur annonçait :

À tous les rongeurs spectateurs !
En raison d'une grave irrégularité,
nous nous voyons forcés d'interrompre
le match, qui sera rejoué demain
à la même heure. Les billets
restent valables !

Toute ma famille m'embrassa.

– Geronimo, nous étions très inquiets pour toi !

Traquenard lui-même m'avoua, *tout ému* :

– Tu t'en es bien sorti, cousin. Je suis fier de toi, tu as été courageux, chica chica boum chic !

CENTRON LAFEINTE me serra la patte.

– Comment te remercier, Geronimo ? Tu m'as sauvé !

Je désignai les miens.

– Ce n'est pas moi que tu dois remercier, c'est la *famille Stilton*. Nous avons fait un travail d'**équipe**... comme toujours !

Puis nous nous embrassâmes tous, très émus.

Nous nous disputons souvent, mais nous nous aimons beaucoup. Et nous faisons toujours tout ce que nous pouvons pour nous soutenir les uns les autres.

C'est ça, faire partie d'une équipe !

Buuuuuuuuuut !

Le lendemain, la finale fut rejouée... cette fois avec le vrai **CENTRON LAFEINTE** ! Avant le coup d'envoi, on **joua** l'hymne de Sourisia.
Joueurs et spectateurs se levèrent, émus, posant la patte droite sur leur cœur.

Benjamin et moi nous écriâmes :
– Que le meilleur gagne !
La moitié du stade brandissait des banderoles
du **Rattonia**, l'autre moitié celles du
Rongétorix.
Évasouriste Braillant commença son commentaire :
– *Bonjour à tous*… Nous allons suivre la finale
de la COUPE DES CHAMPIONS.
L'arbitre est monsieur Sifflet Aroulette… Voici que
les deux équipes font leur entrée sur le terrain… le
Rattonia… et le Rongétorix… L'arbitre
siffle le coup d'envoi… C'est Aphon Laballe, du

Rattonia, qui donne la balle à son coéquipier Malino Elraton qui dribble entre les joueurs du Rongétorix et parvient à faire une passe à **CENTRON LAFEINTE** qui shoote et c'est le...

buuuuuuuuuuuuuuuuuuut !

1 à **0** *pour le* **Rattonia** ! Mais que se passe-t-il ? Les supporters du Rattonia... se sont tous levés... pour acclamer leur équipe... Quelle belle **OLA,**

une immense vague d'enthousiasme !

Olé !

Olé !

Olé !

Olé !

Olé !

Olé !

Olé !

Mais voici qu'un joueur du **Rongétorix**, Patterick Patterouillé, s'empare du ballon... le passe à son coéquipier Tacle Vamarquet... qui, d'un **BOND FÉLIN**, centre... et le ballon entre au fond de la cage et c'est un nouveau

buuuuuuuuuuuuuuuuut !

1 à **1**, le **Rongétorix** vient d'égaliser... et maintenant, tous les joueurs du **Rongétorix** vont verrouiller la défense... mais l'arbitre siffle... *Fin de la première mi-temps !*

Olé !

Olé !

Quinze minutes plus tard, les joueurs reparaissaient sur la pelouse.

– *Nous voici de retour au stade de Sourisia...* La seconde mi-temps commence à peine et déjà, Perfide Pafairplay, du Rongétorix, essaie de bloquer Ratt McGoal... c'est un comportement antisportif... et l'arbitre siffle... Penalty pour le **Rattonia** !

Un cri s'éleva dans le stade :

– Penaltyyyyy !

– *C'est Centron Lafeinte qui va tirer !* Il pose le ballon… il se concentre… il tire…

buuuuuuuuuuuuuuuuuuuut !

Le gardien Choufleur Nenratpazune n'a rien vu venir… 2 à 1 *pour le* **Rattonia** ! Le match continue… Le Rattonia passe à l'attaque…

buuuuuuuuuuuuuuuuuut !

3 à 1 *pour le* **Rattonia** ! Nous sommes à la quarante-cinquième minute de jeu dans la seconde mi-temps… L'arbitre siffle… *Le match est terminé !*

Les joueurs du Rattonia portèrent en triomphe **CENTRON LAFEINTE**… leur capitaine !

Puis toute la ville descendit dans les rues pour faire la fête en agitant drapeaux et fanions.

MAIS IL N'Y EUT PAS DE VIOLENCES.

IL N'Y EUT PAS DE COLÈRE.

IL N'Y EUT PAS DE BAGARRES.

L'exemple négatif de Sally avait montré à tout le monde ce qui se passe quand on **EXAGÈRE**, quand on oublie que le sport doit être un divertissement et non pas le désir de gagner à tout prix !

Les équipes du Rattonia et du Rongétorix donnèrent un exemple de *sportivité* et firent la fête avec tous leurs supporters… unis par une même

passion pour le sport !

LE SPORT,
C'EST LE COURAGE,
LA LOYAUTÉ ET L'AMITIÉ !

Au cours de la fête, **CENTRON** offrit à Benjamin le maillot qu'il avait porté pendant le match. Il y inscrivit cette dédicace :

« À mon ami Benjamin, avec affection et sympathie, de la part de Centron Lafeinte, capitaine du Rattonia. Le sport, c'est le courage, la loyauté et l'amitié ! »

Puis il proposa :
– Aimerais-tu faire partie du **Rattonia Junior**, Benjamin ? Je t'ai vu jouer, tu es rudement bon !

Benjamin était ravi !

Traquenard était jaloux.

– *Euh, il n'y aurait pas une petite place pour moi ? Je suis un grand supporter du Rattonia...*

Centron Lafeinte réfléchit un moment, puis dit :

– Voudrais-tu t'occuper de notre alimentation ? Geronimo m'a dit que tu es excellent cuisinier...

Traquenard était heureux.

– Je me charge de vous remplir l'estomac avec de bons petits plats qui font marquer les **buts** ! Vous allez voir toute l'énergie que je vais vous mettre dans les mollets, vous aurez l'impression d'avoir un moteur à réaction dans les talons ! Je viens de faire breveter le « RÉGIME DU FOOTBALLEUR » ! Je commence quand, hein ?

Je commence quand, hein ?

Hein, je commence quand ?

APPORTEZ-MOI LA COUPE, ET VITE !

Grand-père serra la patte du président du Rongétorix, Discipline Ratouse, et dit :
– Honneur au mérite. Vous avez vraiment bien joué, félicitations !
L'autre sourit sportivement.
– Je vous félicite, vous avez gagné avec honneur !
Puis grand-père TONNA :
– Apportez-moi la coupe, et vite ! Je veux qu'on fasse une photo tous ensemble !
Benjamin se dépêcha d'aller chercher la coupe… mais il revint en hurlant :
– Grand-père, la COUPE DES CHAMPIONS n'est plus là ! Elle a disparu !
Tout le monde s'écria :
– Quoi ? La coupe a disparu ?

C'est alors qu'arriva **SAVARIN GRATIN**, le plus célèbre cuisinier de Sourisia, poussant sur un chariot la COUPE remplie d'une glace délicieuse !

– Voici un modeste présent pour mon équipe favorite !

Traquenard se lécha les moustaches.

– Mes amis, ça, c'est une belle fête !

Je souris, content. C'est ce qu'il y a de beau dans le sport : *il réunit ceux qui ont gagné et ceux qui ont perdu...* dans le bonheur d'être ensemble, pleins de gaieté !

Slurp !

MINI ENCYCLOPÉDIE DU FOOTBALL

MINIDICTIONNAIRE du FOOTBALL

PIED-BALLE ou PIED-ET-MAIN-BALLE ?

UN SPORT UNIVERSEL

NAÎTRE ou DEVENIR CHAMPION ?

UN GRAND CHAMPION

AILIER : chacun des deux avants qui jouent à l'extrême droite et à l'extrême gauche du terrain, et dont le rôle est de passer le ballon aux attaquants.

ALLER AU-DEVANT DU BALLON : action qui permet à un joueur d'arriver sur le ballon avant un adversaire.

ARRÊT : arrêt du ballon pour permettre de le contrôler.

ARRIÈRE : joueur de la défense, dont le rôle principal est de défendre la partie latérale du terrain.

ATTAQUANT : joueur qui a pour mission de parachever l'action de son équipe, et donc de marquer des buts.

AUTO-BUT : quand un joueur dévie le ballon ou l'envoie involontairement à l'intérieur de son propre but.

AVERTISSEMENT : l'arbitre avertit un joueur qui a commis une faute en brandissant un carton jaune.

BANC DE TOUCHE : banc situé derrière la touche, où, pendant le match, prennent place l'équipe technique et les remplaçants.

BANC DE TOUCHE

CAPITAINE : il porte un bandeau de couleur au bras ; il est responsable de son équipe vis-à-vis de l'arbitre.

CAPITAINE

BARRE TRANSVER-SALE : partie supérieure du but.

BUT : point obtenu quand le ballon entre dans le filet adverse.

BUT

CARTON JAUNE : l'arbitre le brandit pour donner un avertissement à un joueur dont le comportement n'a pas été correct.

CARTON ROUGE : il signale une grave incorrection et se traduit par l'expulsion immédiate du joueur fautif.

BUTEUR : joueur qui marque de nombreux buts.

CENTRE : action consistant à ramener le ballon dans l'axe du terrain par une passe entre deux coéquipiers.

CONTRE : retournement rapide du jeu, lorsqu'une action de défense se transforme en attaque.

CORNER : coup de pied de coin tiré de l'angle formé par les lignes de touche et de but. On le tire du côté où la balle est sortie du terrain.

COUP FRANC : coup de pied tiré à la suite d'une faute ou d'une action irrégulière.

DERBY : match entre deux équipes de la même ville.

DRIBBLE : action consistant à éviter un adversaire en faisant passer rapidement le ballon d'un pied à l'autre.

FAUTE : comportement d'un joueur contraire au règlement et sanctionné par une punition.

CORNER

FAUTE

FEINTE : mouvement du corps destiné à désorienter l'adversaire.

GARDIEN DE BUT : joueur qui protège le but. Il est le seul, sur le terrain, à pouvoir prendre la balle dans les mains, mais ne peut le faire que dans la surface de réparation.

INTER : joueur dont le rôle est d'organiser le jeu.

JUGE DE TOUCHE : ils sont deux, qui suivent le jeu sur les lignes de touche. Ils assistent l'arbitre dans le contrôle du match, signalant notamment les hors-jeu et les remplacements. Ils jouent un rôle décisif lorsqu'une faute est commise hors de la vue de l'arbitre.

HORS-JEU : situation irrégulière d'un joueur lorsque, au départ du ballon, il se trouve plus près de la ligne de but adverse que l'avant-dernier défenseur.

LIBÉRO : joueur placé derrière la défense de son équipe, prêt à intervenir pour aider un coéquipier en difficulté.

LOB : action qui consiste à frapper le ballon de manière à le faire passer par-dessus l'adversaire, pour qu'il ne puisse pas l'intercepter.

MUR : haie de joueurs qu'une équipe place devant son but quand l'équipe adverse tire un coup franc.

PASSE : action de passer le ballon à un coéquipier.

PENALTY : l'arbitre accorde un penalty lorsqu'une faute est commise dans la surface de réparation. Il peut être tiré même si le temps réglementaire est écoulé. On pose le ballon sur un petit disque situé à 11 mètres du but.

PHASE DÉFENSIVE : période d'un match au cours de laquelle une équipe se déploie pour défendre son but.

PHASE OFFENSIVE : période d'un match au cours de laquelle une équipe se place en formation d'attaque.

PROLONGATION : si les deux équipes sont ex æquo, on peut jouer une prolongation de deux périodes égales, de 15 minutes chacune. Si la situation reste inchangée à l'issue de ces prolongations, on a recours aux tirs au but.

REMISE EN JEU : lancer du ballon avec les mains après qu'il est sorti du terrain par la ligne de touche.

RETOURNÉ : par un coup de pied retourné, on envoie, d'un mouvement acrobatique, le ballon dans la direction opposée.

SURFACE DE RÉPARATION

RETOURNÉ

TACLE : action de s'emparer du ballon dans les pieds de l'adversaire.

TALONNADE : passe ou tir effectué avec le talon.

SÉLECTION : liste des joueurs d'une équipe qui participent à un match.

SURFACE DE RÉPARATION : zone du terrain située devant le but et dans laquelle le gardien a le droit de prendre le ballon à la main.

TALONNADE

TEMPS RÉGLEMEN-TAIRE : deux mi-temps de 45 minutes chacune, plus la récupération éventuelle des arrêts de jeu.

TÊTE : coup donné au ballon de la tête ou du front.

TUNNEL : action consistant à faire passer le ballon entre les jambes de l'adversaire.

Il était une fois le but en or et le but en argent

Dans les grandes rencontres internationales à élimination directe, la partie ne peut pas finir sur un ex æquo. S'il y a égalité au terme du temps réglementaire, les deux équipes disputent une prolongation de deux périodes de 15 minutes.

Dans le passé, la partie était interrompue dès qu'était marqué un premier but, qui était donc appelé « *golden goal* » (le but en or). Puis l'UEFA (Union des associations européennes de football) décida de changer les règles et d'introduire le « *silver goal* » (le but en argent) : même si une équipe marquait, il fallait continuer jusqu'à la fin des prolongations. Ainsi, l'équipe qui était menée avait la possibilité de se rattraper.

Depuis 2004, le but en argent a également été aboli : l'équipe qui a l'avantage à la fin des deux périodes supplémentaires gagne le match. Et que se passe-t-il si aucune ne marque ? Alors on passe aux tirs au but : chaque équipe a le droit de tirer cinq coups francs. Celle qui marque le plus grand nombre de buts a gagné. En cas d'égalité à la fin des tirs au but, on continue jusqu'à ce qu'une équipe ait l'avantage.

PIED-BALLE OU
PIED-ET-MAIN-BALLE ?

Ce titre n'est pas un jeu de mots ! Il explique très exactement ce qui s'est produit en Angleterre le 26 octobre 1863. Jusqu'à ce jour, on jouait au ballon sans règles définies : quand deux équipes devaient disputer un match, elles se mettaient d'accord sur les règles juste avant d'entrer sur le terrain !

Le ballon pouvait être frappé du pied ou pris à la main : les uns défendaient le jeu au pied, les autres le jeu au pied et à la main. Et les discussions n'en finissaient pas ! Elles étaient même de plus en plus animées. Un jour, au cours d'un match dans la petite ville de Rugby, un garçon prit le ballon sous le bras et courut jusqu'au but adverse. Les défenseurs du jeu au pied étaient furieux.

Le soir même, les capitaines de onze clubs se réunirent pour fonder la première association de « football » (« pied-balle », justement !) et fixer les premières règles de ce sport.

Évidemment, le règlement en vigueur aujourd'hui n'est plus celui que définirent ce soir-là les onze capitaines anglais. Ainsi, jusqu'en 1970 environ, le banc de touche n'existait pas et il n'était pas prévu de remplaçants. On considérait que si des joueurs se faisaient mal et devaient

RUGBY

Le jeu de rugby doit son nom à la ville anglaise où se déroula la première partie. Le ballon de rugby est de forme ovale.

quitter le terrain, leur
équipe pouvait bien
continuer le match
sans eux. D'autre part,
pour être hors-jeu, il fallait
qu'entre celui qui avait le bal-

lon et le but adverse on compte moins de trois joueurs
(aujourd'hui deux seulement), y compris le gardien. Et
avant cela, le poste de gardien n'existait même pas, et
n'importe quel joueur avait le droit d'entrer dans le but
pour le défendre. Un beau désordre !

FOOTBALL EN ROSE

On pense toujours que le football est un sport mas-
culin. Rien de plus faux. Le premier match de foot féminin fut disputé dès 1895, en Angleterre. Quelques
décennies plus tard se dérou-
lèrent les premières ren-
contres mixtes : soldats
contre infirmières. Les soldats, certains d'être les
plus forts, décidèrent de
jouer les bras attachés dans
le dos : ils perdirent 5 à 8 !

UN SPORT UNIVERSEL

De nos jours, tous les pays, sur les cinq continents, ont des clubs de football et une équipe nationale. Les occasions de s'affronter sont très nombreuses, pour la plus grande joie des supporters. Voici les plus importantes.

COUPE DU MONDE

Elle se dispute tous les quatre ans depuis 1930, où elle eut lieu en Uruguay. Elle s'appelait alors la **coupe Rimet**, du nom du président de la FIFA (Fédération internationale de football association) qui en fut le créateur. La coupe devait être attribuée définitivement à l'équipe qui aurait gagné trois fois la compétition. C'est le Brésil qui

LIVRE D'OR de la COUPE du MONDE

1930	URUGUAY
1934	ITALIE
1938	ITALIE
1950	URUGUAY
1954	ALLEMAGNE (RFA)
1958	BRÉSIL
1962	BRÉSIL
1966	ANGLETERRE
1970	BRÉSIL
1974	ALLEMAGNE (RFA)
1978	ARGENTINE
1982	ITALIE
1986	ARGENTINE
1990	ALLEMAGNE
1994	BRÉSIL
1998	FRANCE
2002	BRÉSIL

l'emporta en 1970. Elle fut alors remplacée par la **coupe FIFA**, qui est remise pour quatre ans (c'est-à-dire jusqu'à la compétition suivante) à l'équipe qui a remporté la finale. Sur le socle de la coupe sont gravés les noms des nations gagnantes : on ajoute donc un nom tous les quatre ans !

JEUX OLYMPIQUES

Le football est discipline olympique depuis 1900. Jusqu'en 1984, les professionnels – ceux qui jouaient dans les équipes nationales – ne pouvaient pas y participer, et le tournoi n'était pas des plus suivis. Aujourd'hui, les choses ont bien changé et les grands champions de chaque pays participent aux jeux Olympiques.

Depuis les Jeux d'Atlanta, en 1996, un tournoi féminin a même été créé : il fut remporté, lors de cette première édition, par l'équipe des États-Unis.

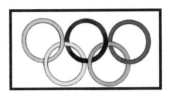

CHAMPIONNAT D'EUROPE DE L'UEFA

C'est en 1958 que se déroula la première Coupe européenne des nations, aujourd'hui appelée Championnat d'Europe de l'UEFA. Il se dispute tous les quatre ans et oppose seize équipes nationales d'Europe.

LIGUE DES CHAMPIONS DE L'UEFA

On l'appelait autrefois la Coupe des clubs champions européens. Depuis la saison 1992-1993, bien qu'il n'ait cessé d'être le plus prestigieux championnat des clubs au niveau européen, il a changé de nom et de formule : il n'y a plus de match aller-retour à élimination directe, mais un système de tours préliminaires avec une phase de groupes et une phase à élimination directe.

Ont le droit de participer à la Ligue des champions les équipes qui ont remporté leurs championnats nationaux et celles qui les suivent dans le classement (l'UEFA décide du nombre de clubs pour chaque fédération). Le Real Madrid détient le record des victoires (neuf, dont cinq consécutives !) et de finales disputées.

COUPE UEFA

La coupe UEFA est le second plus prestigieux tournoi entre équipes européennes. Elle s'appelait autrefois la Coupe des villes de foires, car elle n'était disputée que par les villes d'Europe organisant des foires commerciales. Depuis la saison 1971-1972, la compétition n'est plus liée aux villes de foires et a pris le nom de l'organisme sportif qui s'occupe de son organisation. L'Inter de Milan, la Juventus de Turin et le Liverpool F. C. se partagent le record de trois victoires dans cette compétition.

LE TROPHÉE

Le trophée de la coupe UEFA est en argent, avec un cercle de marbre jaune à la base, et il ne pèse pas moins de 15 kilos ! C'est au capitaine de l'équipe gagnante que revient l'honneur de le brandir sous les acclamations du public.
Le règlement prévoit que le trophée reste la propriété de l'équipe gagnante pendant l'année qui suit.

NAÎTRE OU DEVENIR CHAMPION ?

Le plus important, c'est de s'amuser, d'apprendre à jouer avec les autres, d'être avec des amis. Et quelle joie quand on arrive à marquer un but ou à en arrêter un !

Si on décide que le foot est son sport préféré, même si c'est pour imiter les joueurs de son équipe favorite, alors on peut s'entraîner plus sérieusement et avec régularité.

Parce que, comme disent tous les grands footballeurs : on ne naît pas champion, on le devient avec de l'entraînement et de la patience.

DÉBUTANTS

C'est à 6 ans que l'on commence à fréquenter l'école de foot. On apprend à courir avec le ballon, à le passer à ses camarades, à tirer vers le but.

UNE ALIMENTATION DE CHAMPION

On peut comparer notre organisme à une machine qui a besoin d'essence pour fonctionner. Ce carburant, c'est ce que nous mangeons qui nous le fournit. Aussi, pour jouer au mieux de notre forme, nous devons combiner un bon entraînement et une alimentation saine. Cela ne veut pas dire qu'on doit suivre un régime particulier, mais qu'il faut manger un peu de tout, jamais trop lourd (surtout avant les matchs), et boire beaucoup d'eau (jamais glacée !) pour récupérer tout le liquide que l'on élimine en courant et en transpirant.

POUSSINS

À 8 ans, on est prêt à passer dans la section des POUSSINS et à disputer les premiers matchs dans des équipes de cinq, sept ou neuf joueurs. Ainsi, on peut mettre en pratique ce que l'on a appris au cours des entraînements. Les matchs durent  moins longtemps que ceux des grands et le terrain est plus petit, mais les joueurs ont tout autant de plaisir.

BENJAMINS

Au bout de quelques années de jeu et d'entraînement, on sait à quel poste on aime jouer : gardien de but, attaquant, défenseur… Et aussi à quelle place on est le plus utile à son équipe. C'est le moment, à 10-12 ans, de passer chez les BENJAMINS. Les matchs sont plus sérieux, mais il ne faut jamais oublier que c'est un jeu, une occasion d'être ensemble et de s'amuser !

UN BON ENTRAÎNEMENT DE BASE

Le foot est un sport qui exige une préparation autant technique que physique. Pour mettre en œuvre des stratégies gagnantes, il faut avoir un corps sain et bien entraîné, sinon on n'aura jamais assez de souffle pour courir derrière le ballon et on n'aura pas de muscles assez forts pour shooter. Bref, l'entraînement est tout. Et il n'est pas difficile d'être en forme : il suffit de dire non à la vie sédentaire !

Vélo !

Gymnastique !

Comment ? En se déplaçant à pied, à vélo ou à roller, en montant l'escalier au lieu de prendre l'ascenseur, en faisant les mouvements de gymnastique qu'on a appris à l'école, en consacrant quelques minutes, chaque jour, à des exercices pour se faire des abdominaux d'acier !

Roller !

Abdominaux !

UN GRAND CHAMPION

Devenir un grand champion : c'est, peut-être, le rêve de tous les enfants. Les champions n'ont-ils pas la gloire et ne touchent-ils pas des salaires qui les rendent **SOURICHISSIMES ?**

Mais, parmi tous les jeunes qui commencent à jouer au foot, les vrais champions se comptent sur les doigts d'une main. Bien sûr, il y a ceux qui savent très bien jouer et deviennent professionnels en division 1, 2 ou 3. Mais les champions qui laissent un nom dans l'histoire sont très rares.

Pour ne faire de tort à personne, nous n'en citerons qu'un, celui qui a été élu « footballeur du siècle » par un jury de journalistes sportifs du monde entier : Pelé !

De son vrai nom **Edson Arantes do Nascimento**, Pelé naquit au Brésil en 1940 et commença à jouer dans la rue avec ses copains, en utilisant comme ballon une chaussette bourrée de chiffons et de papiers. Mais il devait bien avoir le foot dans le sang, puisque son père jouait déjà dans l'équipe locale.

Il est remarqué par un important joueur brésilien, qui le fait pénétrer dans le **monde doré** du ballon. C'est le début d'une carrière unique. **Pelé** a marqué au moins 1 but en moyenne dans chacun des quelque 1 300 matchs qu'il a disputés. Il a contribué trois fois à la

 victoire du **BRÉSIL** à la Coupe du monde. Quand il fait ses adieux, en 1977, il a pratiquement tout gagné grâce à sa vélocité, son habileté à dribbler ses adversaires, sa capacité d'anticipation et, surtout, sa précision. Ce n'est pas pour rien qu'on l'a surnommé « *o rei do fútbol* », le roi du football !

LES DROITS des ENFANTS

Il est beau de gagner et il est naturel d'avoir l'esprit de compétition. Mais cela ne doit pas faire oublier que le foot est un jeu. Les jeunes athlètes doivent s'en souvenir, comme leurs entraîneurs et leurs parents, qui, parfois, ne donnent vraiment pas le bon exemple. Voici ce qu'a écrit la Commission du temps libre des Nations unies, qui a rédigé en 1992 ce qui a été défini comme la Charte des droits de l'enfant dans le sport.

LE JEUNE FOOTBALLEUR A :

✔ le droit de s'amuser et de jouer ;

✔ le droit de faire du sport ;

✔ le droit de bénéficier d'un milieu sain ;

✔ le droit d'être entouré et entraîné par des personnes compétentes ;

✔ le droit de participer à des entraînements adaptés à ses capacités ;

✔ le droit de se mesurer à des jeunes qui ont les mêmes probabilités de succès ;

✔ le droit de participer à des compétitions adaptées à son âge ;

✔ le droit de faire du sport en toute sécurité ;

✔ le droit d'avoir des temps de repos ;

✔ le droit de participer et de jouer sans nécessairement être un champion.

TABLE DES MATIÈRES

Geronimo Stilton

DANS LA MÊME COLLECTION

L'ÉCHO DU RONGEUR

1. Entrée
2. Imprimerie (où l'on imprime les livres et le journal)
3. Administration
4. Rédaction (où travaillent les rédacteurs, les maquettistes et les illustrateurs)
5. Bureau de Geronimo Stilton
6. Piste d'atterrissage pour hélicoptère

Sourisia, la ville des Souris

1. Zone industrielle de Sourisia
2. Usine de fromages
3. Aéroport
4. Télévision et radio
5. Marché aux fromages
6. Marché aux poissons
7. Hôtel de ville
8. Château de Snobinailles
9. Sept collines de Sourisia
10. Gare
11. Centre commercial
12. Cinéma
13. Gymnase
14. Salle de concert
15. Place de la Pierre-qui-Chante
16. Théâtre Tortillon
17. Grand Hôtel
18. Hôpital
19. Jardin botanique
20. Bazar des Puces qui boitent
21. Parking
22. Musée d'art moderne
23. Université et bibliothèque
24. La Gazette du rat
25. L'Écho du rongeur
26. Maison de Traquenard
27. Quartier de la mode
28. Restaurant du Fromage d'Or
29. Centre pour la Protection de la mer et de l'environnement
30. Capitainerie du port
31. Stade
32. Terrain de golf
33. Piscine
34. Tennis
35. Parc d'attractions
36. Maison de Geronimo Stilton
37. Quartier des antiquaires
38. Librairie
39. Chantiers navals
40. Maison de Téa
41. Port
42. Phare
43. Statue de la Liberté

Vers le détroit du Rapt-à-Rat

Galion des chats pirates

Ici passent les baleines

Île Corsaire

Île Tortue

Atoll des îles Bienheureuses

Barrière de corail

Baie des Dauphins

Vers l'océan Ratonique méridional

Golfe de la Dent cariée

Archipel d'Égout putri

Port-Relent

Rade du Chat errant

Port-Beurk

Roquefort

Vers la mer des Vibrisses vibrants

Ici, requins !

Port-Souris

SOURISIA

Port-Croûton

Phare Pelliculeux

Île Épilée

Épave affleurant

Vers la mer des Sourgasses

ÎLE DES SOURIS

N
S

Île des Souris

1. Grand Lac de glace
2. Pic de la Fourrure gelée
3. Pic du Tienvoiladéglaçons
4. Pic du Chteracontpacequilfaifroid
5. Sourikistan
6. Transourisie
7. Pic du Vampire
8. Volcan Souricifer
9. Lac de Soufre
10. Col du Chat Las
11. Pic du Putois
12. Forêt-Obscure
13. Vallée des Vampires vaniteux
14. Pic du Frisson
15. Col de la Ligne d'Ombre
16. Castel Radin
17. Parc national pour la défense de la nature
18. Las Ratayas Marinas
19. Forêt des Fossiles
20. Lac Lac
21. Lac Lac Lac
22. Lac Laclaclac
23. Roc Beaufort
24. Château de Moustimiaou
25. Vallée des Séquoias géants
26. Fontaine de Fondue
27. Marais sulfureux
28. Geyser
29. Vallée des Rats
30. Vallée Radégoûtante
31. Marais des Moustiques
32. Castel Comté
33. Désert du Souhara
34. Oasis du Chameau crachoteur
35. Pointe Cabochon
36. Jungle-Noire
37. Rio Mosquito

Au revoir, chers amis rongeurs, et à bientôt
pour de nouvelles aventures.
Des aventures au poil, parole de Stilton, de…

Geronimo Stilton